森澤真理歌集

地吹雪と輪転機

栞

柔らかくイマジン　恩田英明

取材現場と豊かな抒情　松村由利子

サブカルチャーへの視点　藤原龍一郎

六花書林

柔らかくイマジン

恩田英明

本歌集の作品を読み、さらに「あとがき」を読むと、森澤真理氏の原動力となっている思いはあまり正面に押し出しはしないが、人として自然に感じる、社会・文化的な性差への異議申立てが大きな柱の一つとなっているのに気が付く。さらに、歌の空間は政治体制や民族、言語、性別、貧富の差等等に及んでいる。それもただ、イズムとして強調するのではなく、事象を掬い上げ、歌の形で読み手の前に黙って差し出す。そして読み手は気付く。歌には多く軽やかに進行する七五調の韻律が自ずから生まれてきている。

巻頭歌はロシアからアムール川（黒竜江）を越えた時の取材経験がモチーフ。Imagine there's（想像してごらん）の最初の一語の取入れが、国境は本来無いものと暗示される。

河越えて中国領に入りしときラジオは歌を掬いぬImagine…

仕事の上の酒席で人生の多くを学んだという森澤氏は、酒や肴、酒にまつわる出会いをつづった「還暦記者の新潟ほろ酔いコラム」全二十二話の連載を勤め先の社のウェブサイトに載せている。その第一話に書かれたエピソード、入社当時の上司だった学芸部デスクの女性の有りようが、森澤氏の過酷で長い新聞記者生活を支え、駆け抜け続ける原動力になっているのだということが分かる。

そのデスクはおしゃれな眼鏡をかけ、ヘビースモーカー。旧姓で通し、モガと呼ぶような雰囲気をまとっていた。また、女性は身籠もったら退社する不文律を一升瓶の日本酒持参で編集局長に直談判して凌ぎ、新潟日報社で初めて出産後も仕事を続けた記者だった。

後に上司は編集局初めての女性部長、学芸部長になった。しかし家族の介護のため、定年を待たずに退職した。その後、病に倒れ、早くに亡くなったという。子どもを育てながら、男に伍して働くために、「どれだけの負荷をその心身に課したのだろう」と森澤氏は述懐する。このような心の内は本歌集の「あとがき」にも書く。そうした思いを胸にモチーフをまとめ、詠う。歌集の終盤に次のような作品が見える。

初夏の縹(はなだ)の空よ聞いてくれ四十年ともに過ごせし戦友の去る

病得し夫と悔いなき時過ごすために辞めるといつもの早口

セクハラの語も均等法もなき時代われら招かれざるとは知らず

語らずに去りし数多の女性記者みな佳き声を持ちてありしよ

「戦友」とは、単に仕事で共に奮闘したというのではなく、性差に対する抗いも共にしてきたという強い思いが裏にあってのことだ。さらに、戦友には家庭の事情があったのだが、森澤氏には存在し得ない選択であった。このことの気付きの衝撃も心を打つのだ。「われら招かれざるとは」は、古い時代のアメリカ映画「招かれざる客」まで思い出させる。ともかく言い得て妙だ。そして不文律があっても作者を当時の会社に招いた者が居たのである。誰だったのか。また「語らずに去りし」女性記者の痛みも作者は忘れない。

いつだったか森澤氏は自らをがさつと称したことがある。だが、それは謙遜が思わず口に出ただけなのであり、興味の持ち方や物の見方は純粋で、時には空想を呼び作品は読んで嬉しくなる。新潟の風もいい。家族もいい。次の歌も御覧じろ。

輪転機響動（どよ）もす未明手まねにて求めし刷り出しほのかに温し

打ちつけの吹雪の港あかあかと灯ともし島は新聞を待つ

庇（ひさし）には氷柱光れり暁に眠らんと引く発泡酒のプル

料亭に赤提灯があるのかと文句言う背をにっこりと押す

日本海とわたしが言えば東海（トンヘ）とぞ金助教授の甘きバリトン

北朝鮮拉致被害者に呼び掛けるラジオ放送その名しおかぜ

かんかんとおたま鳴らして言ってみるご飯できたよどの子もおいで

菜の花を積む軽トラの停めてある村の食堂ランチタイムぞ

小上がりの窓から見える河川敷どこかに雲雀の巣があるという

五十代の眠りはいまだに生々し鬼と麻雀する夢を見て

頸揉んでお真理や脚もと父が言う十二のわれに四十のわれに

八十歳の記念に母の立ち上げしシルバー劇団「はね豆座」なり

いもうとに買って帰ろう金色のミモザの刺繡美しきバレッタ

取材現場と豊かな抒情

松村由利子

新聞社は、大きな事件や事故が起きると活気づく因果な職場である。森澤真理さんはそこに四十年余り身を置き、さまざまな取材を重ねてきた。『地吹雪と輪転機』は緊迫感に

満ちた場面から始まる。

教会の鐘にはあらず速報を告げるチャイムに息を止めたり

チリチリと放電続く職場にてわれの書くべき原稿を書け

輪転機響動（どよ）もす未明手まねにて求めし刷り出しほのかに温し

教会の鐘を思わせるチャイムは、新聞社やテレビ局に設置されたスピーカーから流れる共同通信の速報の前ぶれである。大地震や同時多発テロといった最大級の出来事が起きた場合にしか流れない。「放電」しているような編集局で、作者は自らを落ち着かせ仕事に向かう。刷り出しをもらって帰るのはそんな大きな出来事が起きたときである。「ニュース速報」と題されたこの連作は、特定の事件や事故については触れていない。長い新聞記者生活の中で何度となく大事件や大事故に遭遇した作者であることを伝える、巧みな手法だと思う。

フィルムを詰め替え白く息吐けば雪虫見ていた兵士と目が合う

番記者に符丁はありてワンテンポ笑い遅れぬ地方紙われは

住むことのなきひとたちが安全をするすると言う白き足裏（あなうら）

中朝ロ三国国境を訪れた一首目は、特異な地点を取材する緊張感と寒さが、フィルムの装塡という具体によってなまなまと伝わってくる。二首目は、東京支社で勤務していたころに小渕首相が脳梗塞で倒れ、その取材に携わった場面だ。首相番の記者たちには仲間内だけで通じる言葉があり、地方紙の記者である作者は疎外感を味わったのだ。メディアの世界の差別構造を内部から見つめた歌というのも珍しいが、あくまでもさらりと詠まれている。新潟県の柏崎刈羽原発は現在七基とも停止中で、再稼働を巡って国や東電と県の間で議論が続いている。作者は三首目で「住むことのなきひとたち」の言説の軽さと、自らの手を汚さない「白き足裏」を鋭く指摘するが、正論は振りかざさない。

森澤さんの入社は一九八二年、男女雇用機会均等法が成立する前である。深夜勤務のある新聞社に女性が入るのは至難であり、職場には戸惑いもあった。

女ゆえ最年少ゆえ庇われてふらふらと飛ぶ風船の赤
産む性と見なされ原発二十キロ圏内取材を外されており
わきまえる女であったなわたくしも心を鈍く硬く均して

「風船の赤」は紅一点を思わせる。どこへ行っても注目され特別扱いされるのは、なかなかにつらいことだ。原発の事故現場に行かせてもらえなかったことの口惜しさは、「産む性」を押しつけられる痛みと重なり増幅される。「わきまえる女」であることを強要される悲しみもまた、根っこでつながっている。

葡萄酒を湯のみに注ぐわたくしという壁面がしずかに濡れる
みずのおと苔の香りのひたひたと主語はわたしでなくていいのだ
遠き遠き異国に死にし鳥たちの羽根を纏いて雪道わたる

神経を尖らせ感情を抑制する日々、ふと胸を過ぎる瑞々しい詩想を森澤さんは逃さない。職場を離れたときの穏やかな心には、深い内省が満ちている。父との死別や母や妹とのさりげないやりとり、猫との暮らしもこの歌集に奥行きを与えているが、しんと静かな「わたくし」のありようは読む者を惹きつける。

新潟の風土を愛し、取材を重ねてきたまなざしはどこまでも澄み、温かみに満ちている。女性記者のパイオニアとして走り続けてきた軌跡と豊かな抒情の織りなす一冊は、時代の

証言としても光を放ち続けるだろう。

白鳥の野太き声を跳ね返す空の硬さを冬と呼びたり

サブカルチャーへの視点

藤原龍一郎

「ラジオブース」と題された一連がある。「月に一度、ＦＭでニュース解説をする」との詞書が付けられている。そして、並んでいるのは次のような歌だ。

蒸留水をのみどに通す声のみの生き物となる五分のために

母さえも知らぬ優しき声音にてマイクに朝の肌寒さを言う

電波式生き霊として秋天の工事現場にわが声は降る

地域のＦＭラジオ放送局に、新聞記者である著者が出演してニュースの解説をしている場面である。私自身もラジオ局の番組制作担当者として、しばしばこのような専門家の解説コーナーを企画してきた。現役の新聞記者が解説してくれるとなると、何の変哲もない日常のニュースであっても、ぐっと信憑性が増す。これは番組側の想いだが、引用歌は出演者の立場からのもので、本番前の蒸留水での嗽喉も余所行きの声での季節の挨拶も、実感がこもっている。三首目はラジオを通して自分の声が工事現場にも聞こえてくる不思議さの、これも実感。ラジオ局で働いていた私でさえ、なぜスタジオでしゃべった声が、様々な場所に届いていくのか、仕組みは説明できない。まさに電波式生き霊といえる。いずれにせよ地元のラジオ局でのニュース解説という仕事は、地方紙の新聞記者の役割として必須なものであり、このように詠われて納得できる。

新聞記者の仕事の本筋は、政治、経済、社会的な様々な事件を取材して、報道することであろうが、スポーツや芸能といった事象も、当然のことながら、取材の対象となる。この歌集にはそういうやや傍流ともいえる対象の歌もあり、それがまた面白い。

ＡＫＢ48選抜総選挙が二〇一六年六月十八日に新潟市の鳥屋野潟公園野球場（ＨＡＲＤ ＯＦＦ ＥＣＯスタジアム新潟）で開催され、それを取材した一連がある。

Ｔシャツの男ら駅に下り立ちてＡＫＢのことだけ話す
ＡＫＢの幟戦げる鳥屋野潟かつては田中金脈の土地
闘わぬ男らの振るペンライト四方に渦巻く星の海かも
フェミニズム思想で掬えぬものもある超ミニの下かがやく素足
残酷な人気投票ショーされど歪まず光る真珠もあらん

ＡＫＢ48選抜総選挙という異様なイベントは二〇〇九年から二〇一八年まで、十回開催された。次に発売されるシングル曲のメインを歌うメンバーを選抜する人気投票である。ちなみに、この新潟で開催されたＡＫＢ選抜総選挙では、前年に続いて指原莉乃がトップをとった。一首目はそのイベントのために新潟にやって来たファンの男たちの姿。彼らには新潟の風土や歴史などはどうでもよく、ＡＫＢ48にしか興味がない。だから、イベント会場のある鳥屋野潟が、かつてはそこを埋め立てて利権化しようとした田中角栄の錬金術と騒がれたということなど知りはしないのだ。

三首目から五首目にかけては、森澤真理の批評意識が光っている。闘争心をもたずに、自分の推しアイドルにペンライトを振る男たち。自らを見世物に供して、スターの座を勝ち得ようとする少女たち。それらは冷静に見れば残酷きわまりないイベントだが、これは二十一世紀の日本の現実でもあるのである。「かがやく素足」、「歪まず光る真珠」という表現には苦く重い報道する者の眼が存在している。

あかあかと猛禽類の眼据え里村明衣子リングに立てり

特設のリング囲める千人のなかにもおるらん〈殴られる妻〉

アジャコングの本名江利花（えりか）米兵の父が好みしヒースの和名

デスバレーボムにて敵を沈めたる里村もろ手に顔を覆えり

「新潟市出身のプロレスラー里村明衣子さんにインタビュー。アジャコング戦を見る」との詞書を付す「場外乱闘」一連より。里村明衣子VSアジャコングなる当代最高の試合を見ながら「殴られる妻」を思い、ハーフのアジャコングの名前にこめられた米兵の父の想いを引き寄せる。同郷のプロレスラーへのインタビュー、試合観戦取材もまた新聞記者としての仕事であり、日常である。ひきしまった表現からレスラーの存在感も伝わって来る。
地域FMラジオ出演、AKB48選抜総選挙取材、プロレスラー里村明衣子へのインタビューと、このようなサブカルチャーへの視点も、この歌集ならではの個性といえる。

歌集

地吹雪と輪転機

A newspaperwoman

森澤真理

Morisawa Mari

六花書林

地吹雪と輪転機　＊　目次

第一章　北緯38度線の通る地で

第二章　地階書庫へと

第六章　パンデミックデイズ

第七章　春に生まれて

地吹雪と輪転機

A newspaperwoman

装幀　真田幸治

河越えて中国領に入りしときラジオは歌を掬いぬImagine :

第一章　北緯38度線の通る地で

ニュース速報

教会の鐘にはあらず速報を告げるチャイムに息を止めたり

列島の記者幾千が耳ひらく共同通信ニュース速報

老い妻が塩の柱と化す音をロトの背中はいかに聴きしか

チリチリと放電続く職場にてわれの書くべき原稿を書け

入社は一九八二年だった

張り込みの水銀灯下にするするとストッキングが裂けてゆく夏

吾（あ）の去るを明かり灯さず待つひととわれの間を白き蛾の飛ぶ

記者族は肉食それとも偶蹄目わたくしの歯は鋭いだろうか

くらくらとかなしい昼にやって来てチンジャオロースー炒める男

夏草は強く匂えりボート小屋裏で錆びゆく兄の自転車

輪転機響動(どよ)もす未明手まねにて求めし刷り出しほのかに温し

三版は産みたて卵の温度ゆえインクの香ごと抱きて走りぬ

打ちつけの吹雪の港あかあかと灯ともし島は新聞を待つ

庇(ひさし)には氷柱光れり暁に眠らんと引く発泡酒のプル

中朝ロ三国国境

一九八九年米ソ冷戦終結。雪解けムードの中、環日本海（北東アジア）ブームが起きる。私も九〇年代から日本海対岸の北朝鮮北部、ロシア極東、中国東北部の国境地帯などに取材で入った。だが二〇〇二年、北朝鮮の日本人拉致問題で日朝関係は悪化。歴史認識問題や領土を巡る争いなどで、北東アジア諸国との関係は再び冷え込んでいった。

朝焼けを軍用ジープ駆けてゆく汚れた卵のような顔を積み

フィルムを詰め替え白く息吐けば雪虫見ていた兵士と目が合う

難民流出なきこととされはろばろと川風は吹く中朝国境

桃色のチョゴリのおみな現れてしなしな語る革命記念碑

監視員すこし疲れた顔をして記者の勧めしマルボロ吹かす

停電のホテルに手燭配られてわれら一夜の聖家族かな

ひとくちを含みて闇のその先へ回すバーボン寒がりながら

遠き日の御真影の角度にて父子肖像画見下ろして来る

聖書でもコーランでもなく無印良品(むじるし)のパジャマに抱かれ寝息のはやさ

日本海とわたしが言えば東海(トンヘ)とぞ金助教授の甘きバリトン

領海を争うならば男らよ歌で競えよ雲雀のように

ヒロヒトはお元気ですかと尋ねられ口ごもりたる我に驚く

鉄の香の微かに残る湯を浴びぬ日本人とは無臭ではなく

狗肉(いぬにく)を三輪車に積み軽やかな男の腰骨痩せていたるも

＊

北朝鮮拉致被害者に呼び掛けるラジオ放送その名しおかぜ、

特急待ち

まつろわぬ民の末裔なるわれか北へ向かえば戦ぐ身の裡

樹も人も郵便局もぎんいろのひかりを帯びて霜月に在る

朝鮮半島を分断する北緯38度線は新潟県を通る

特急は北緯38度線を越え県境を越え空へ近づく

突風に巻かれよれよれよれ階段を下ればタクシーわれを見つける

濡れたまま立て掛ける傘　肩先も濡れたままなり氷雨を浴びて

雪起こし遠くに聞きてぬる燗をひとつ頼みぬ特急待ちに

ぼたん雪ほたほたと降る盆地にて育ちしわれはハムカツが好き

夕映という名のりんご購いぬ山国びとの君は元気か

ラジオブース

月に一度、ＦＭでニュース解説をする

蒸留水をのみどに通す声のみの生き物となる五分のために

火星人襲来せりと口火切る誘惑兆す「本番五秒前」

厳かに降り来るマイク犍陀多(かんだた)の墜ちたる後は語らずにおく

母さえも知らぬ優しき声音にてマイクに朝の肌寒さを言う

電波式生き霊として秋天の工事現場にわが声は降る

塹壕の中にて若き兵士聴く雑音だらけのリリー・マルレーン

護られている気にさせるヘッドホンわれの前世は貝だったのか

録音のブース別名金魚鉢玻璃の向こうに夕陽が濁る

ミキサーの指が操る端末のどこかに雲の壊れる音が

わたくしの聴きたい声でお休みを最終便の飛び立つ時刻

スイッチを切るときマイク密やかに息をつきたり老女のように

ジャスミン茶

菜の花のいろに卵を炒り上げて老いびと集う家の昼飯

仏壇にいます戒名増えゆけば滑らかになる母の語りも

一人ずつ欠けゆく家族ジャスミン茶注ぎ足しながら老いてゆこうよ

燕とう町を思いぬ元不良少年なりし叔父逝きし町

末っ子の叔父の得意な技なりき撃たれては死ぬ影絵の狐

水銀の恐ろしきこと語りつつ先に眠りぬ添い寝の祖母は

真理ちゃんは作文上手だったねえ叔母にコラムを褒められており

かんかんとおたま鳴らして言ってみるご飯できたよどの子もおいで

第二章　地階書庫へと

地階書庫へと

仔狐が銅貨持ち来る冬の扉（と）にわれも差し出す銀の身分証（ＩＤ）

校了の青きインクは油染み朝焼けのなか雨来る気配

すこしだけ眠ってきますときりすとのように呟き地階書庫へと

葡萄酒を湯のみに注ぐわたくしという壁面がしずかに濡れる

仮想敵解かれて永き旧ソ連文書に「不要」の印のあまた

スキャナーは羊皮紙なぞり帝国の文字あわあわと画面に点る

守衛室の窓より漏れる「地上の星」吾もくちずさむ薄きコートで

はるかなる嘔吐のように黄砂降り踏みとどまれと夜のまた来る

宰相の死

東京支社に勤務していた二〇〇〇年五月十四日、小渕恵三首相が死去。報道陣のテント村周辺で過ごす。

夜祭りの密度にテントは設置され宰相の死をふわりと待てり

山鳩の声はなけれど密やかに「追悼談話」準備始まる

ストレスを指摘し業績語れども悲しいの語ついに出でずも

番記者に符丁はありてワンテンポ笑い遅れぬ地方紙われは

銀杏並木を吹き抜ける風　自愛をば言い交わしつつ代議士ら散る

夏闘のアステア

ずり落ちる鉢巻きの赤押さえつつキーパンチャー打つきょうの株価を

「赤ペン」に「ますめ」に「なだれ」「米百俵」地方紙われらの職場新聞

奪うべきものの確たる時代あり大杉栄の好みし紅薔薇

アジビラの論甘ければ魔女のごと指疼きたりデスクたるわれ

「小学校の時以来です」ガリ版刷りの匂い吸い込む二十三歳

労使交渉終えて階段下りてゆくジーンズくるりとアステア気取る

職制と話さぬ運動かつてあり美しきかな文字だけの国

「革命無罪」のスローガンを思い出す

紅衛兵叫びて走り去りし後ぽかりと空が残りておりぬ

犬の国

メールにて異動内示情報を発する真昼爪光らせて

山、森、田、宮…瑞穂の国の文字が散る人事異動名簿一覧

俺とお前の仲だからサとおもむろに人名ひとつ注がれる耳

盟神探湯（くかたち）の静かに滾る会議室わたしと誰も目を合わせない

滑らかにわが声弁明続けたり四十三歳部次長の声

順列は犬の国にもあるけれど犬は犬をば憎まぬ上等

会果てて資料あまたを引き寄せしわが手の僅か老いたるを見つ

女ゆえ最年少ゆえ庇われてふらふらと飛ぶ風船の赤

波光は淡く

無口なる男好きかと無口なるひとに問われて微熱の驟雨

海彦はさびしがりやの神なればわたしの血にも潮の匂いす

バスタブに波光は淡く満ちてゆき君に雀斑(そばかす)あることを知る

小さき草履踏んでしまいぬ人波という名の波の底は暗くて

ふくらはぎ夜の草葉になぶらせて橋の上(へ)に咲く花火見ている

暗闇の中で太れる一千の稲少しだけ恐ろしくなる

空はいま呼吸し終えぬちりちりとスターマインの最後の飛沫

広島と福島

二〇一一年東日本大震災と福島第一原発事故が発生

産む性と見なされ原発二十キロ圏内取材を外されており

線量計備品となりし驚きもその朝限りロッカー閉める

「ご遺体は喉元まで泥が詰まり…」検視チームの声の静かさ

一九五三年、米が「核の平和利用」打ち出す。翌五四年三月、日本政府は初の「原子力研究開発予算」を追加計上。水面下で予算獲得に奔走した議員は後に首相となる。

日本を四等国にせぬためと中曽根康弘三十五歳

被爆国なるゆえ核の恩恵を受けんと広島原発構想

*

バナナ齧りあんパン齧り核という文字（もんじ）を打てり幾度でも打つ

月のバリトン

女なることは罪だと知らされるブルカを被れと野太き声が

鞭に杖カラシニコフを抱えつつわたくしたちを狩るものが来る

平熱って、日常って、何だろう落ちて来るからあれは噴水

ブラッドベリ初めて読みしは十四歳いまも宙(そら)ゆくわが移民船

月輪が歌い出すならバリトンの少し掠れた声だと思う

第三章　漱石のアイス

林檎箱

林檎箱薄暗がりに積み重ね地吹雪響く夜を凌ぎたり

『裸者と死者』N・メイラーの死を告げし記事切り抜くが今宵の仕事

「赤旗」を持ち来るひとの雪まみれ熱く煮えたる甘酒いかが

わたくしを目掛けて雪は降ってくる太き螺旋を震わせながら

ニュースへとチャンネル巡る息継ぎに太く被さる黒人霊歌

過疎地から限界集落へと進みムラの時間が尽きてゆくまで

静電気うすく走りぬよそ者のわれが撫でたる猫の背の上

雪のみが象（かたち）成す夜に生まれ来てセントエルモの火さえ親しき

漱石のアイス

父の悪性黒色腫、脊髄や肺その他に転移

「月刊がん」ステージⅣの父は読みどれも効かぬとぶつぶつ言いき

医療面デスクの我に医師くれしⅣ期余命の平均データ

抜き刷りの論文分かり易けれど鞄の口がうまく閉まらぬ

漱石も病中アイスを好みしと言えばふたくち食べてくれたり

頸揉んでお真理や脚もと父が言う十二のわれに四十のわれに

ケルベロス

父の容態悪化。家族と交代でがんセンターに泊まる

臆病なケルベロスたるわたくしは賢治を読みて父の死を待つ

涙出し暴れる父を押さえれば電子音鳴る気道確保の

モルヒネの微光の海より浮かび来て真理さん締め切り、社へ行けと言う

不良なるわれの口実「締め切り」を信じて父は不良なるわれ

末期にぞ食いたき鮨は小肌よと言いて本当に二センチ食べぬ

小肌食べバレンタインのチョコ食べて二日後なりき昏睡の来る

きゅきゅと手を握りてすぐさま緩めつつ父は確かに微笑みており

危篤と小康状態を繰り返し父は弱っていく

排泄と麻薬の量を語り合う白衣のひととサバトのように

麦の穂の如き入り日よ物言わぬ父の股間を看護師洗う

たぬき蕎麦食いし間に死なせしと言われぬためにずずずと急ぐ

付き添いのわれらの眠りはおぼろにて地球の裏にいま星が降る

死んでゆく父より死んだ父がいい紅を塗られし唇（くち）に触れたり

〇五年二月十八日が命日となった

びろおんと首の伸びたるランニング歯のみ真白き父の銅鑼声

家族が皆若かった夏。父は旧師範学校出の小学校教師だった

アッパッパー着て妹は笑いたり藺草の敷物くすぐったいよ

雲雀食堂

菜の花を積む軽トラの停めてある村の食堂ランチタイムぞ

作業着の間に交じりカツ丼のご飯軽めを小声で頼む

卵なき新潟カツ丼掻き込めり熱き飯粒箸にまぶして

小上がりの窓から見える河川敷どこかに雲雀の巣があるという

あつあつのカツに辛子を塗しつつビールは小びん空には雲雀

コッペパン色の仔猫

粗大ごみ再生施設の一角にそれはあった
犬抑留所収容棟に赴きぬ仔猫と見合い決まりたる午後

海風も吹くに疲れた頃だろう影なき町をミラーが映す

よっぽどねひどくなければ貰おうね目配せばかり交わし合うなり

生き物の気配はぬるき海に似て光る眼あまたわたくしを追う

コッペパン色の一番小さきがわたしの猫と告げられており

金髪の職員初めて微笑みぬ譲渡の書類手渡しながら

生きたまま仔猫ひとつを連れ出してあれが雲だと教えておりぬ

鬼と麻雀

五十代の眠りはいまだに生々し鬼と麻雀する夢を見て

社会党村山富市委員長その眉あれば老いるは楽し

昼時のテレビに学ぶ新型のオレオレ詐欺と朱鷺の食性

「午後七時までならビール３００円」なぜ我にだけチラシを寄越す

茱萸原（ぐみはら）の寂しき色を言いながらマスターおちょこに辛子を溶きぬ

「別れえに星影で悪さをしよう」死後も音痴の治らぬ父よ

胴震い続けるバスよ眠るとき人はなぜ皆老いた顔する

ポマードの微かな香するバスの中死にたる父も帰路を急ぐか

帰郷

還暦を前に扶養家族増えほとほと叩く総務部のドア

形見なる父のソファーに眠りたり睫の長さ変わらぬままに

平成の最後の夜に帰郷せしいもうと眠る昏々と眠る

子羊を屠る術など持たねども帰郷のうからに煮るミルクシチュー

東京の三十年は如何ならん声よきひとに君は会えたか

第四章　社説とビール

改元

二〇一九年、天皇が退位し、元号が平成から令和に変わることになった

口中に病める歯根を保ちつつ平成の世の終わりを過ごす

明治百五十年、退位、東京五輪へと国家の輪郭厚塗りをして

超高齢社会「超」の語感は軽けれど余生と呼べぬ時間の塊（マッス）

論説編集委員室では社説や一面コラム、オピニオン面などを担当する

そのひとの耳のかたちを思いつつインタビュー記事起こしておりぬ

天皇の退位も移民の昏き眼もことしのニュースに括るは暴力

親指に煮豆潰してゆくように社説のデータ精査しており

ぐんぐんと表面張力満ちてゆき最初の一字となりて零れつ

一年を書き終え渡る夜の橋河口の果てに海鳴りを聴く

ひと刷毛の雪—元旦社説

ひと刷毛の雪吹き込みし三和土（たたき）にて朝刊ひらく元日付の

昨年のわたしが書いた言説を今年のわれが受け取っている

風花を総身に浴びてまた一つ老いるというは少し快感

元日に躍る見出しは「人口減」減の字滲む小雪に濡れて

鰹節ひらひらひらかけて菜の花を食物とする日本は楽し

平成の三分の一生きて来し猫が見ており「皇室アルバム」

色のなき空に光をおずおずと放ち始めぬ北国の月

白鳥の野太き声を跳ね返す空の硬さを冬と呼びたり

百年の泡

「収穫」がモチーフの巨大壁画がある

働き者のおみなの太き腕似合うビヤホールなり銀座ライオン

二度注ぎはしないがルール金色の泡が渦巻き雲となるまで

ざわめきとブーツグラスの猛き泡労働者たるわれを愛しむ

黒ラベル注ぐは十二角形ジョッキ十二カ月を飲み干せという

一九三四年銀座七丁目に「ライオン」前身が開店

満州に皇帝溥儀の立ちし年「銀座ビヤホール」竣工せしと

喧騒のどこかに亡父もいるはずだ胡麻塩髭をエールに濡らし

もしかして百年生きるかもしれぬ琥珀のエールに泡立つ孤独

酔客としてゆく銀座に夕陽濃くいま近代は終わりのさなか

アメリカ大使館

二〇一六年、米大統領選挙などの視察で取材ビザを申請

納豆巻き齧りながらに読む外信またもトランプこれもトランプ

R音苦しく舌を丸めつつ入国乞いぬガラス戸越しに

帝国を旅する単位となるために十指の指紋差しだしており

パスポート預けて指紋吸い取られ顔なき民ぞ烏龍茶飲む

夢にても端役は切なきものであるベン・ハーはわれを轢き潰したり

監督責任

ぼろぼろの尾羽見せるも仕事なり還暦二年前の始末書

筆順というものおぼろ思い出し筆ペンに記す「監督責任」

鈍き子と言われて長き年月よ校舎裏のどくだみが好きだった

悲しみは常に遅れて来るものをスタッカートにつまずくわたし

天皇の詠みし琉歌の円やかにまずいぞ少し好きになりたり

見惚れる

新聞の部数落ちゆく月々に管理職なりヤジロベエなり

見事なる因業爺となりて在る先輩記者にしばし見惚れる

随分と偉くなったな料亭に行こうか無論お前の金で

料亭に赤提灯があるのかと文句言う背をにっこりと押す

油揚げ熱（あつ）ちと頬張るときにだけ口止まるらし、もひとつ食わす

般若はらみった

恋の歌詠まなくなりし五十代風を歌うか六十代は

白髪の綺羅思うさま震わせて「ジュリー！」と叫ぶ快楽もある

ああ見てはいけないものだ卵黄の上にぽつりと血は滲みたり

ネクタイを外すと男の輪郭が分かる気がするつゆのあとさき

嫁がずに産まずに来たを責められることはなけれど少しこそこそ

ほんとうの老いの怖さも知らぬくせに底ふかぶかとウォーキング靴

みずのおと苔の香りのひたひたと主語はわたしでなくていいのだ

定年まであと何マイルいま欲しきものは胆力般若はらみった

第五章　出張風土記

光濃き街―博多

身の裡の北溟に魚棲まわせて光濃(かげこ)き博多の街を歩きぬ

澄みて濃き南国の陽を浴びるとき内なる魚のかそか跳ねたり

北京語に英語ハングル対岸の言葉親しも中洲の屋台

雪積もる夜の無音を語りつつしずしず啜る長浜ラーメン

くまモンと熊本県知事現れてくまモンの方にハグをされおり

南大阪

街路樹に方言ありて大阪の楠の葉擦れは早口なりき

神社に見世物小屋が来るのはなぜだろう
フェリーニの火吹き男が眠るのか住吉大社に揺れる天幕

昨年は人魚でありし蛇むすめ不機嫌そうにおっぱい見せて

「福祉住宅案内所こちら」看板は紫色のネオンの下に

襞多き街のさびしさ福の神ビリケン撫でる一千の手

柏崎にて

日蓮の着岸せしとう柏崎色なき波の打ち寄せる春

無量なる薔薇を降らせて死を賜うローマ思いぬ波頭の白さ

風吹きて烈しき土地にいっぽんの百合咲くごとく貴種流離譚

世界でも最大規模の原発が眠ると知れば麻痺するなにか

夏祭りの宵宮

空の縁見ているような顔をして少女は紅を塗られていたり

住むことのなきひとたちが安全をするすると言う白き足裏（あなうら）

ゲヘナの火いまも何処かで燃えている燃えているのだ我らの髪も

場外乱闘

新潟市出身のプロレスラー里村明衣子さんにインタビュー。
アジャコング戦を見る

あかあかと猛禽類の眼据え里村明衣子リングに立てり

汚したい、というがにテープは降り注ぎ真紅の雨に里村濡れつ

アジャコングは一流の悪役

「でかいね」「黒い」囁きは充つ進駐軍迎えしかの日と同じ速度で

特設のリング囲める千人のなかにもおるらん〈殴られる妻〉

ゆっくりと観客は逃げパイプ椅子宙を跳びたりひかりを曳いて

薔薇色の痣刻々と増やしつつ里村明衣子(ベビーフェイス)追い詰められぬ

アジャコングの本名江利花(えりか)米兵の父が好みしヒースの和名

じりじりと苦痛の総和高まりてコロッセウムに射す日の白さ

わがこぶし人を殴りしことはなしただ簡明にそれだけなれど

肺腑より息を吐き出し睨み合うかたみにリング這いずりながら

デスバレーボムにて敵を沈めたる里村もろ手に顔を覆えり

丑寅の方より

南都にて恐ろしきこと「朝絞め」の墨書とともに鶏の売られる

いもうとが小さき紫陽花描くゆえ奈良に筆屋を探して歩く

色褪せることを好みし極東の島に阿修羅はすっぴんとなる

何となく丑寅の向き確かめて歩く小路ぞ奈良まち薄暮

『日出処の天子』は傑作

「丑寅の方よりまうづ」とゆめに聴き山岸凉子はペンを執りたり

塩小路通の蟬の音にまみれ此の世の宿を探しておりぬ

「犀の如く独り歩め」ポケットの箸袋の字は確かに我の

異邦人見慣れし京の眼なりわれを突き抜け空さえ見ない

AKB48選抜総選挙

二〇一六年夏、新潟市にアイドルグループのファン約三万人が集結した

陸風にかもめ乗せつつ河口都市新潟の空たっぷりと晴れ

Tシャツの男ら駅に下り立ちてAKBのことだけ話す

陸風と海風かたみに吹き過ぎてだれも拾わぬ銅貨いちまい

ふるさとを厭世港市と記したる安吾の太き背中思いぬ

鳥屋野潟（とやのがた）ほとりに立てるスタジアム列に並べとメガホン叫ぶ

テロリストでなきわたくしを示すため鞄の口をぱかりと開ける

ＡＫＢの幟戦げる鳥屋野潟かつては田中金脈の土地

ここからは見えない海に日は沈み開票結果にどよめくスタンド

「ＡＫＢとファンは家族」司会者のコールにペットボトル茶零す

闘わぬ男らの振るペンライト四方に渦巻く星の海かも

少女らの脚能く跳ねてペチコートレースの波に溺れん我等

フェミニズム思想で掬えぬものもある超ミニの下かがやく素足

蛍烏賊またたきて浮く波際のわれが我等に紛れゆくとき

頂点を目指すと甘き声に言い上顎かすかにさ迷わせたり

ブルーブラックインクの色に空は暮れ飛行機雲はとうに見えない

残酷な人気投票ショーされど歪まず光る真珠もあらん

一番星見んとのみどを反らすとき汗は流れぬ薄闇のなか

遠足は帰路が楽しいメガホンを振り回しつつ駅へ向かわな

人波の消えしスタンドひかり溜め箱舟ならば飛び立つ時刻

第六章　パンデミックデイズ

アマビエの刺繍

二〇二〇年三月、世界保健機関は新型コロナウイルスの
世界的大流行（パンデミック）を宣言

巣ごもりの巣を出で職場へ行くわれに纏わる日照雨五月のひかり

定位置を総務局に定められマスク×マスクの株主総会

国難と発語するとき男らの与野党問わず少し得意げ

アマビエを小さくマスクに刺繍してデモには行かず日本人なり

サバイバルサマーと名付けしカクテルにそっと沈める黄の金平糖

企業名記せし浴衣跳ね上げて踊りし夜は何と去年ぞ

マスクなど着けるは嫌だと怒る母わたしも怒鳴るスーパーの前

透明なパネル隔てて乾杯をわれのみ触れるわれの玉杯

鳥抱くかたち

病む猫がわたしを待つよ頤の細きを月のひかりに晒し

老猫のからだあまりに軽ければ鳥抱くかたち私の腕は

福助やそうかお前は死ぬのだねわが指舐めて慰めながら

わがダウンジャケット離れひとひらの羽毛は飛べり風花のなか

遠き遠き異国に死にし鳥たちの羽根を纏いて雪道わたる

お勝手が妙に広くて隅っこに置かれし猫のベッドが消えて

十一年半飼いし猫の死に目にはやはり会えない勤務中なり

次の世は私が猫ぞ降る花を眩しげに見るお前の膝で

楽鳴る辺り

台風は熱帯低気圧へと変わり泡立草が海になる夜

株買いに行くにあらねど強面にバッグ抱えて風の町ゆく

巡回の劇が来ている河川敷さびしき明かりに楽鳴る辺り

越境は犯罪のごと語られて野外劇団花柄ワゴンに

瑠璃色の涙のピエロその前に差し出す手首は平熱である

魔女でなく病者でもなく汚れなき熱持つからだ今日のわたしは

目を瞑る癖が抜けない踏切にどこか似ている検温スタンド

劇団と旅する猫の名は「そら」ぞ十七歳と知れば嬉しき

色紙（いろがみ）にくるむ投げ銭会えぬまま逝ってしまった人を数えて

窓口に苦情電話の長くあり「寂しいですか」と聞けば切れたり

子に帰省するなと電話したことが待合室の手柄話に

ラジオより「兎追いし…」流れ出す大事なひとを守りましょうと

視線のみ動く雑踏すり抜ける銃眼たしかにこの世に増えて

一日を凌げば無事と自らを騙すついでに新茶を淹れる

戦後とネグリジェ

パンデミック吹き荒れているこの世界いちばん豊かな国を教えて

ネグリジェをルーシー・ショーに知り初めし米寿の母はピンク好めり

米国のご婦人ネグリジェよく着てる昼間も着てるカーラー巻きて

ネグリジェは家事をしないという意思と映画のナビが解説をする

ジープより敗戦国の子どもらに降るチョコレイト拾うしかなし

敗戦を豊かさの差と言い換えてネグリジェ被れば散る静電気

パジャマしか着ないわたくし性別はそこらの釘にかけておきたし

鋸の歯

心病む部下の報告ファイルする何故だかいつも雨の日である

鋸の歯のかたちよりつくられし「我」なる文字に少し飽きたり

背景にハワイの空を貼り付けた人とＺｏｏｍをするも日常

疫病と地震のあわいに顕れる「絆」の墨書に馴染めぬままだ

私のかたちも何処かにファイルされ雨の音さえ聞こえぬ場所に

栗飴と疫神

陽性となりしいもうと寝る部屋にお膳を運ぶ栗飴添えて

来週に締め切り延ばしてもらうなり鳩のごとくにメールを飛ばし

多老多死時代に生きて四度目のワクチン接種前の感染

金魚柄ゆかた解きて縫い上げしマスクの自慢はおとしの夏

白羽の矢われの家にも平等に疫神（えきじん）は来て草鞋を脱ぐも

「七歳になるまで子どもは神のもの」吹雪の夜に物語して

人々の営みの中、疫病は常にあった

桃咲けば疫神祀(まつ)り玩具には赤を選びて子を産み続け

ぼた雪は音を吸うゆえ子を盗りに来る足音を消してしまうと

第七章　春に生まれて

ざりりと落とす

雪だるまばかりが並ぶ天気図の「不要不急」もやや聞き飽きて

吹雪鳴る国に感染収まらずひと日ずつ老ゆ金魚もわれも

『自省録』さびしき言葉あるあたりシクラメンの花芯を挟む

猫までもおみなの家ぞ月光の下にざりりと雪庇（せっぴ）を落とす

還暦にパンデミックのありたりと物語する未来を思え

シルバー劇団

新潟は枝豆の産地

八十歳の記念に母の立ち上げしシルバー劇団「はね豆座」なり

ゲネプロは田の真ん中の集会場自転車漕げば昼の月見ゆ

年経るは悲しきことの多ければコントがよろしと母言いたもう

差し入れは発泡酒なり付け髭の爺さま姫君のど鳴らし飲む

滑舌は弾まぬなれど越後の出「春が来たぞ」の台詞は上手し

ミモザと水仙

二〇二一年、女性蔑視発言で森喜朗元首相が東京五輪・パラリンピック
大会組織委員会の会長を辞任

森発言のちのざわめきおみならの胸元に咲くミモザの花群

わきまえる女であったなわたくしも心を鈍く硬く均して

ミモザは国際女性デーのシンボル

南欧に春を告げるはミモザなり越後の里は水仙の黄ぞ

よきことの一つは春に生まれ来て春の花にて祝われること

いもうとに買って帰ろう金色のミモザの刺繍美(は)しきバレッタ

いつもの早口

初夏の縹（はなだ）の空よ聞いてくれ四十年ともに過ごせし戦友の去る

病得し夫と悔いなき時過ごすために辞めるといつもの早口

女性の入社は十年ぶりだった

「記者職に女が二人も入るって」編集局の廊下鈴なり

セクハラの語も均等法もなき時代われら招かれざるとは知らず

会社にはわたし一人が残る朝鏡田ひかり雲の影ゆく

阿吽

菊ひとつ末枯れてゆくを思うなり鎮痛剤が効くまでの間

あたたかき闇を仄かに照らしつつ銀の錠剤ほどけてゆくも

ひと一人分の痛みを乗せながらエレベーターは律儀に上る

病むひとの群れに交じればテレビより聖譚曲の低く流れ来

阿ではなく吽でゆくべし吽吽と唸っておればいつか終わるよ

ガラスを拭く

晩年はうすく優しく延びてゆく「活躍せよ」と囁かれつつ

浜近き交差点を渡るとき白秋の「砂山」たどたどと鳴る

麻雀はせず裁縫、恋もできぬまま田んぼの中のバス停に立つ

茱萸の実の甘き苦みを含みたり裏日本とは死語にあらずも

五百円玉貯金崩して飲みに来る爺さまに煮卵奢られている

負け戦せぬが秘訣と教えられハイと答えてまるで守らず

フランシーヌという名の地域猫ありて屋台の下に座る刻限

鼓舞されることにも疲れとりあえず汚れを拭くかガラスの天井

われに力を

ささくれのある爪先に椿油をああ寂しくも三月が来る

コラム書く時だけ呼吸が楽になる遠き湖（うみ）より水の匂い来

夏という名前を仔猫に与えしは雪国びとの憧れならん

論説編集委員室勤務も終わり

室長を解かれる日まであと十日さくら色したスニーカー選る

地方紙に女性記者にて四十年勤めしことは多分奇跡だ

母よりは長生きしたし妹はわれより長く日溜まりにあれ

影ぬくき春に生まれし喜びを風に語れよレチタティーヴォで

異動内示

恐らくはこれが最後の肩書きか特別論説編集委員

特別の語を冠したる肩書きは本来居ないものという意味

夭折を夢見しことが夢のようマッチ一本まだ燃えていて

一線の記者と伍すにはまず体力　納豆巻きを二本食うなり

名文も美文も遠きわれなれど書き継いで来し夜の幾千

語らずに去りし数多の女性記者みな佳き声を持ちてありしよ

歳月を重ねたものは裏切らぬ星の林よわれに力を

あとがき——壁を乗り越えるために

短歌が、空から降ってきた時のことを覚えている。比喩ではない。場所は東京の神田川沿い、葉桜の下。五・七・五・七・七のリズムが突然、頭の中になだれ込んできた。一九九九年四月のことだ。

私は地方紙新潟日報社の東京支社に勤務する傍ら、大学院修士課程に通っていた。当時の新聞業界は圧倒的な男社会で、女性は文字通りの少数派。記者としての先行きが見えないことに悩み、学び直しを選んだのだが、仕事との両立は予想以上にハードだった。脂汗を流す夢を幾度、見たことか。

通勤路の一部に、神田川沿いの小道があった。疲れた頭で見上げると、すさまじい勢いで若葉に覆われていく桜が目に入った。ぞくりとした。なんという生命力だろう。「葉桜は獰猛」という言葉が浮かび、気づいたら歌を作っていた。短歌は十代に授業で触れた程度。なぜそんなことが起きたのか、いまだに謎だ。酸欠状態に陥った脳が、身体の中に残っていた韻文のリズムを使って、外の世界とつながろうとしたのかもしれない。

縁あって結社「短歌人」に籍を置き、二十年余り。第一歌集『地吹雪と輪転機 A newspaperwoman』を出版することになった。地面から吹き上がり、視界を白く塗りつぶす地吹雪は、雪国の冬を象徴する情景。輪転機は新聞社の古典的なシンボルだ。収録歌は二〇〇〇年から二〇年代にかけての三百五十四首。四十歳から六十歳ごろの時期に当たる。「短歌人」「銀座短歌」に出詠した作品が中心だ。つい最近まで、歌集はリタイア後と考えていた。時代と向き合う新聞記者の仕事はやりがいがある半面、毎日が全力疾走だ。深夜勤や転勤もある。ＮＨＫ朝の連続テレビ小説「虎に翼」のせりふを借りるなら、自分で選んだ「地獄」を生きるのに精一杯だったというのが正しい。

だが六十歳を過ぎ、親しくしていただいている歌人の方々に「歌集を出すなら現役のうちがいいよ」と勧められ、心が動いた。男女雇用機会均等法施行から三十余年、政治や事件取材の現場に女性記者がいるのは当たり前になった。だが、子育てや介護などの負担は依然、女性に重い。日本の社会は同調圧力が強く、異質な存在は疎外されがちだ。疲弊して退職や転職を選んだ同業の女性たちを思うと、胸が痛む。私たちのような存在がいたことを、ささやかでも、短歌という形で伝えたいと思った。

河越えて中国領に入りしときラジオは歌を掬いぬImagine…

外信部の記者でもないのに、なぜこの歌を巻頭に置くのか、と思われた方もいるだろう。背景について、少し説明を加えたい。日本海に面する新潟港にはかつて朝鮮北部との定期航路があり、旧満州（中国東北部）への玄関口と呼ばれた。新潟の自治体は戦後、日本海対岸にあるロシア極東や中国黒竜江省などと独自に交流を重ねてきた。一方、日本海は北朝鮮によるミサイル発射などが相次ぐ「緊張の海」でもある。そうした地域性から、私も一九九〇年ごろから二十年余り、定期的に対岸諸国を訪れてきた。

前掲歌は、ロシアから飛行機でアムール川（中国では黒竜江）を越え、黒竜江省に入った時の経験などがモチーフとなっている。ジョン・レノンとオノ・ヨーコの名曲「イマジン」は国を超えて愛され、二〇二二年には北京冬季五輪の開会式で流された。政治体制や民族、性別、年齢、貧富の差…。多くの壁によって、世界はいまも分断されている。けれど、私たちには言葉と、他者の痛みを想像する力がある。その二つと強い意志があれば、壁を乗り越えていけるのではないか。耳の奥に残るメロディーを反芻しながら、私はそんなことを考えていた。

＊

栞文は三人の歌人に書いていただいた。新聞記者出身の松村由利子さんが受けてくださったのは、とても嬉しい。同郷の大先輩、恩田英明さんは歌集出版へ背を押すとともに、懇切なアドバイスをくださった。「短歌人」で毎月、歌を見てもらっている藤原龍一郎さんには、女子プロレス談義をしながら楽しくご指導いただいた。バックナンバーをお借りした長谷川富市さんにもお世話になった。六花書林の宇田川寛之さん、装幀家の真田幸治さん、素敵な本をありがとうございます。
濃密な時間をともにした新潟日報社の同人はもちろん、原稿の下読みや歌集の素材作りに協力してくれた妹の由紀、パワフルな九十一歳の母和子にも感謝したい。

二〇二四年十一月

森澤真理

著者略歴

森澤真理（もりさわまり）

1960年、新潟県生まれ。新潟日報社文化部長、論説編集委員室長などを経て特別論説編集委員。「短歌人」同人。會津八一評論などで短歌人評論・エッセイ賞。著書『地方紙と戦争』（新潟日報事業社）。

メールアドレス　tumenriver801@gmail.com

地吹雪と輪転機

A newspaperwoman

2025年2月8日 初版発行
2025年4月24日 2刷発行

著 者――森澤真理

発行者――宇田川寛之

発行所――六花書林
〒170-0005
東京都豊島区南大塚3-24-10 マリノホームズ1A
電話 03-5949-6307
FAX 03-6912-7595

発売――開発社
〒103-0023
東京都中央区日本橋本町1-4-9 フォーラム日本橋8階
電話 03-5205-0211
FAX 03-5205-2516

印刷――相良整版印刷

製本――武蔵製本

ISBN978-4-910181-77-6 C0092